Conan el Bàrbar

Primera Part

Erika Sanders

Conan el Bàrbar: Primera Part

Erika Sanders

Sèrie
Conan el Bàrbar Vol. 1 al 4

Imatge portada: @ katalinks, 2023

Primera edició: 2023

Sinopsi

Conegui les dones a la vida de Conan com mai abans li havien explicat...

Després de les noves aventures i els nous triomfs, Conan i el seu grup tornen a la ciutat on és ara casa seva, Tarantia.

El retorn farà que trobin a faltar les aventures? o serà millor del que s'esperava?

Aquesta publicació conté els volums de l'1 al 4:

1 - Conan

2 - Zula

3 - Cassandra

4 - Valeria

Nova sèrie basada en les obres de Robert E. Howard.

(Tots els personatges tenen 18 anys o més)

Nota sobre l'autora:

Erika Sanders és una coneguda escriptora a nivell internacional, traduïda a més de vint idiomes, que signa els seus escrits més eròtics, allunyats de la seva prosa habitual, amb el seu nom de soltera.

Índex:

CONAN EL BÀRBAR
PRIMERA PART
ERIKA SANDERS

CAPÍTOL I
CONAN

El sol brillava sobre la ciutat de Tarantia quan el petit grup arrodonia el cim del turó.

Les torres blanques, les cúpules de coure i els minarets brillaven a la llum del sol, donant-los la benvinguda després del llarg viatge.

Les darreres setmanes havien estat emocionants, perilloses, ja que havien explorat catacumbes perdudes buscant un tresor, defensant-se de monstres i esperits malignes per obtenir el seu premi.

De fet, que eren les monedes que ara carregaven les motxilles.

Conan va mirar els seus col·legues, companys acèrrims a les batalles que havien enfrontat, i moltes més anteriorment.

Lady Yasimina era la líder del grup, malgrat els seus orígens estrangers.

Nascuda a l'aristocràcia en algun lloc del sud, més enllà del riu Estigi, no s'assemblava gens als nobles de Tarantia o les seves ciutats veïnes.

El seu cabell ros fins a les espatlles estava lliure a l'aire, ja que se n'havia tret el casc, i els seus llavis pàl·lids van formar un somriure en veure la ciutat per davant.

Podria ser una estrangera, però Tarantia s'havia convertit en una llar per a ella també els darrers anys.

Amb la pols del viatge i la calor de les batalles passades, només el seu port real ara marcava la seva ascendència noble, però una vegada que ja havien tornat, no hi havia dubte que ella podria tornar a moure's entre la noblesa sense problemes pel seu coneixement de l'etiqueta requerida, cosa que fa ideal algú ideal com a portaveu del grup.

Molt més que un bàrbar com Conan.

En contrast amb Lady Yasimina que era musculosa i estava fortament blindada, al costat de Conan hi havia Valeria, era una feiticeira elfa, armada només amb una daga ficada al seu cinturó.

Ella portava roba de viatge ara, és clar, però per demà, ell estava segur que estaria vestida amb riques robes que complementaven la seva bellesa.

Tan pàl·lida i rossa com Yasimina, els seus cabells eren llargs, actualment lligats en una llarga cua de cavall per revelar els punts alts de les seves orelles.

Havia viscut entre els boscos de les illes del sud durant gran part de la seva vida, cosa que potser expliqués la seva expressió estranya a mesura que s'acostava la ciutat.

Però semblava, va pensar Conan, tranquil·la i relaxada.

Potser per a ella, com un elf, això només va ser el final d'un altre viatge, una pausa entre viatges, en lloc d'un veritable retorn a casa.

Zula, la tercera de les dones, semblava la més feliç.

La petita follet es va asseure cap endavant a la cadira de muntar del poni, amb els ulls fixos a la ciutat per davant.

Ja s'havia esforçat per arreglar-se abans de l'arribada, traient-se la pols de la roba, i fins i tot ara, va redreçar la seva túnica vermellosa i es va passar una mà pel curt cabell castany.

Semblava estar anticipant el retorn a casa més que els altres, i Conan va pensar que sovint això semblava ser així.

Sabia que els follets eren amants de la família i la llar, i encara que Zula no tenia parents vius que ell conegués, potser, per a ella, aquesta era la seva llar, el lloc on se sentia més còmoda.

Certament, ella era una nativa de la ciutat, com ell.

Com de costum, Snagg era el més difícil de llegir.

El nan era taciturn, com tots els seus parents, i la cara no mostrava cap emoció ara.

La seva armadura era pesada i estava maltractada, ja que s'havia emportat la pitjor part en els combats de les darreres setmanes, i s'hauria vist ferit o pitjor, si no hagués estat per la màgia curativa de Yasimina.

Els ulls foscos sota les celles espesses romanien fixes en el camí per davant, abstret és qualsevol que fossin els pensaments que els nans sovint mantenien per a si mateixos.

Conan es va girar i va mirar cap a Tarantia.

Ara aquella era la seva llar, on havia crescut i après el que ara és, molt abans de conèixer els altres.

No tenia cap dubte que estava content de tornar-hi.

En poc temps, ell ho sabia, es tornarien a llançar a la recerca d'aventures, i ell gaudia aquells moments.

Però la ciutat tenia molts plaers que li eren negats pel camí.

Era un lloc civilitzat, un lloc semblant a un santuari.

En els propers dies, hi haurà moltes coses a fer.

Havia d'assistir a l'Escola de Guerrers i retrobar-se amb els amics i els companys i per continuar amb el seu entrenament.

I, a més, fer les seves meditacions a la capella del temple, on, allà mateix, pregava la deïtat més propera al seu cor: Muriela, la deessa de l'amor.

Però, sobretot, tindria temps per relaxar-se, per gaudir dels banys públics, el bon menjar i el vi, per xerrar als mercats i, si Muriela hi accedia, trobar companyia per passar la nit.

* * *

La vila es trobava prop del costat oest de la ciutat, no gaire lluny dins de la muralla.

Era un edifici gran, primer comprat i després renovat, amb els diners que s'havien guanyat en fer aventures.

Conan i Zula havien insistit en això; vivien en posades mentre estaven a fora, però volien un lloc on tornar, una base d'operacions que realment poguessin trucar seva.

Li va prendre un temps restaurar l'edifici al seu estat actual, ja que es trobava força deteriorat quan el van comprar.

Però pel resultat va valer la pena el temps i la despesa.

L'edifici central tenia dos pisos d'alçada, amb, com molts altres a la ciutat, un sostre ample i pla on es podien reunir a l'estiu.

A cada costat hi havia dues ales, una de les quals contenia els estables.

I entre les ales hi havia un ampli pati, emmurallat de la resta de la ciutat.

Per als aventurers, comptar amb almenys algun nivell de defensa era una cosa natural, encara que estiguessin fora de perill com haurien d'estar a Tarantia.

Yakin va tancar les portes quan l'últim dels cavalls va entrar al pati.

Era un home jove, competent en la seva feina com a administrador, però no era un aventurer.

L'havien contractat feia un any, adonant-se que algú havia de mantenir la casa mentre eren lluny al desert.

"Ho han fet bé?" va preguntar: "Veig que cap de vosaltres està ferit, gràcies als déus!"

Conan va somriure, va desmuntar i va donar un copet al jove a l'esquena.

"Sí, ho hem fet bé. Hem de portar aquest tresor a la volta i després netejar-nos. Requerirem només un dinar lleuger; donem temps perquè portin alguns subministraments frescos".

Va mirar els altres al seu voltant.

També havien desmuntat dels seus cavalls i ponis, estirant les cames després del viatge.

Yasimina i Valeria es van unir a ell per saludar Yakin , però Snagg només va assentir amb el cap en la seva direcció, sense dir res.

Zula semblava estar ocupada amb les motxilles al cavall, només mirant de tant en tant en la seva direcció.

Potser ella va pensar que alguna cosa se li havia deixat anar...

Conan va apartar el pensament de la seva ment.

"T'ho explicarem tot, aquesta mateixa tarda", va dir Yasimina, "però jo, en primer lloc, estic desitjant un bany i una mica de roba neta. I, a la nit, un bon menjar, podria ser? Estarà tot llest ?"

"Sí, la meva senyora", va respondre Yakin, "i no ha passat res important mentre era fora, em plau dir que tot està com ho va deixar".

"Doncs ja ho veus," va intervenir Conan, "aquesta nit, crec que m'agradaria anar a una taverna. Gastar una mica d'aquests diners durament guanyats, i recordar com és estar de tornada a la ciutat! Hi ha algú que estigui amb mi? "

Snagg va assentir, grunyint el seu assentiment, però les dones van protestar.

"No, crec que una mica de pau i tranquil·litat em ve més de gust més avui" va respondre Valeria. "Em quedaré aquí aquesta nit".

"Igual que faré jo", va respondre Yasimina, que després va mirar cap a l'últim membre del grup, que encara no s'hi havia unit, "Què hi ha de tu, Zula?"

"Oh..." va dir la nana, com si estigués una mica sorpresa, "no, no, crec que també em quedaré aquí. Jo, uh, crec que em ficaré al llit d'hora, de fet. Jo em sento bastant cansada després de tot aquest temps acampant a botigues".

Conan va assentir. Seria, potser, bé passar una nit amb una companyia diferent durant una estona, havent estat de viatge juntament amb els altres durant tant de temps.

"Només tu i jo, llavors, Snagg ", va dir, i va afegir: "tractarem de no ser massa sorollosos quan tornem. Però primer, tenim una tarda per davant ... i un home jove a qui entretenir. Amb les nostres històries d'aventura , eh?

***

La posada La Copa d'Or era plena, com era habitual a aquella hora de la nit.

Encara que el lloc llogava habitacions, era tant una taverna com una posada, per la qual cosa, quan les ombres van començar a allargar-se fora, molta de la bona gent de Tarantia entraven a prendre una beguda abans de dirigir-se a casa.

Tot i això, la clientela era generalment respectable, per la qual cosa hi havia poques possibilitats d'una baralla o, d'altra banda, que passés una mica desagradable, com sovint era el cas a les tavernes d'altres parts de la ciutat en zones menys recomanables.

Aquesta era la raó per la qual a Conan li agradava i, a més, perquè els visitants moderadament rics procedents de fora de la ciutat sovint s'allotjaven aquí, per la qual cosa també solia ser un bon lloc per trobar feina.

Però aquesta no era la raó per la qual Snagg i ell havien vingut aquí aquesta nit.

Havien tingut força feina de moment.

Volia relaxar-se i divertir-se almenys per una nit.

Va trobar una taula lliure, i tots dos es van asseure i van demanar una beguda.

La cambrera, que no va poder deixar de notar, era maca.

Ella tindria uns vint i tants anys, amb uns cabells arrissats que li arribava a les espatlles, del color de la sorra daurada, els ulls marrons i un somriure de benvinguda.

La seva camisa blanca de màniga curta era escotada i revelava un ampli escot.

I la pell, pel que podia veure, era preciosa i estava lleugerament bronzejada.

"Ets nova", va dir, somrient mentre ella s'acostava amb una safata de begudes, "com et dius?"

"Llivia", va dir simplement, regalant-li amb un somriure ple de belles dents blanques.

Mentre ho feia, va notar que els seus ulls es movien sobre ell, absorbint els seus cabells foscos, la seva barba curta, i el que ell esperava era un cos atlètic i raonablement prim, a causa d'un treball que sovint el mantenia exercitat.

La seva mirada va planar lleugerament sobre les seves orelles, lleugerament punxeguda, i mostrant la seva herència de mig elfa.

"Fa treballant aquí un parell de setmanes, però no l'he vist abans. Ve sovint?"

Va posar un parell de gerres sobre la taula, mirant breument Snagg , però després, aparentment sense veure res d'interès, es va tornar de nou cap a Conan.

"El meu nom és Conan", va respondre ell, "i en realitat visc a prop. Però Snagg i jo hem estat lluny darrerament, fora d'aquí".

"Un aventurer?" ella va dir, sonant impressionada, "o un comerciant, potser?"

"El primer, i m'atreveixo a dir que podria tenir moltes històries interessants per explicar-te, si tens temps".

Snagg va aixecar els ulls lleugerament davant del comentari.

Sens dubte, per a un nan, fins i tot això va ser una mica massa llançat.

"Més tard, potser", va dir Livia, "hi ha altres clients".

Un altre ràpid somriure, i ella va desaparèixer de nou entre la multitud.

"Bé, amic meu", va dir Conan, tornant-se cap al seu company aventurer i aixecant la seva gerra "Per les nostres recents victòries!"

I a mesura que avançava la nit, van intercanviar històries de les seves aventures recents, i un petit grup va començar a reunir-se al voltant de la taula.

D'alguns, Conan sabia que eren contactes i amics que també freqüentaven aquesta taverna, però alguns altres eren persones a qui reconeixia vagament, com a molt.

Snagg es va tornar més voluble quan va beure més cervesa, però el guerrer no va veure raó per frenar-ho.

Parlava més de baralles i escapades properes a la mort que de riquesa i tresors, i de què servia ser un aventurer si no podies presumir-te una mica?

A més, la seva atenció sovint era en un altre lloc.

Quan Snagg es va llançar a una història sobre una lluita contra un no-mort a l'ombra, Conan va mirar Livia.

Havia notat que havia parat atenció a les històries, i els seus ulls hi eren més que en el nan, independentment de qui parlés.

En aquest moment, però, estava inclinada per buscar una gerra de darrere la barra.

La seva faldilla verda queia fins a la meitat del panxell, per la qual cosa podia veure poc de les cames, però el seu cul estava ben arrodonit.

Se'l va imaginar sense la faldilla, com se sentiria a les mans buides ...

"I llavors...?"

"Hmm?" es va tornar cap a Snagg , conscient que havia estat mirant cap a una altra banda, i havia perdut el fil de la conversa.

"Digueu-los el que va fer a continuació", li va incitar al nan, "després que el flascó de Yasimina hagués caigut al pou".

Ell va obeir, tornant a la història, i oblidant-se momentàniament de Livia.

Però llavors ella va aparèixer a l'altra banda de la taula, netejant una taca al seu camí.

Es va inclinar mentre ho feia, molt deliberadament, va pensar ell, donant una visió clara i sense obstruccions de la part superior de la camisa, i dels monticles dels seus pits sobresortint sobre el seu escot.

Es va aclarir la gola, "de tornada a tu..." li va dir a Snagg .

Livia li va mostrar aquest somriure una altra vegada, lliscant al voltant de la taula fins que va estar al seu costat, acostant la seva bonica cuixa contra la mà.

No va poder ser un accident, per la qual cosa ell va lliscar subreptíciament la seva mà cap amunt, sentint la forma del seu cos a través de la gruixuda tela de la seva faldilla, donant-li una lleugera encaixada a la natja.

Ella no va dir res, i tots els altres miraven cap a Snagg en aquell moment.

Va mirar cap a ella, i ella va aixecar els ulls cap al sostre, en direcció als dormitoris de la posada, i li va picar l'ullet.

Ell va assentir en silenci, i després ella se'n va anar, de tornada cap al bar ia un altre grup de clients.

* * *

Conan passejava per l'habitació fosca.

La lluna major s'enlairava cap a fora, projectant la seva llum platejada sobre la ciutat, i una part es va vessar a través de la petita finestra.

La tarda havia arribat al final, i Snagg havia marxat, tornant sol a la vila.

Semblava resignat per això, no particularment sorprès, però tampoc aprovant-ho.

Els nans, al cap ia la fi, no adoraven Muriela.

Conan ja s'havia despullat fins a la cintura i es va treure les sandàlies, amb la roba ara doblegada en una cadira a la cantonada.

L'habitació només contenia un llit i una taula petita.

No era una de les habitacions més elegants de la posada, però això realment no importava.

No hi havia mirall, però el guerrer allisava els cabells de totes maneres, mirant de veure's tan bé com fos possible.

Podia sentir que s'estava netejant escales avall, ara que els darrers convidats s'havien dirigit a casa seva o havien pujat a les seves habitacions.

Hi va haver un cop silenciós a la porta, i ràpidament es va acostar per obrir-la.

Livia es va quedar emmarcada a la porta, sostenint una espelma en un plat petit en una mà.

La llum de les espelmes va il·luminar el rostre i el pit, els cabells arrissats projectant ombres, els seus llavis lleugerament separats i convidants.

"Estava començant a pensar que no vindries", va dir ell fent broma, però l'espera no havia estat massa llarga.

"No havia tingut oportunitat", va dir ella, mostrant aquest somriure una vegada més.

Ràpidament va entrar a l'habitació, tancant la porta fermament darrere seu i col·locant l'espelma a taula.

Conan es va moure per apagar-la, però ella va aconseguir la seva mà, sostenint-la a la d'ella.

La seva pell era suau, càlida.

"Deixa-la encesa", va murmurar Livia, els seus ulls vagant sobre el seu pit nu i fins a la part superior del seu cos.

De sobte, ella va prendre el seu cap amb la mà lliure i el va atreure cap a ella, besant-lo apassionadament.

El petó es va demorar, els seus llavis es van ajuntar.

Conan va posar els seus braços al voltant d'ella, ajuntant-los, esclafant els seus voluptuosos pits contra el pit, separats només per la tela de cotó de la camisa.

Els seus braços es van embolicar al seu voltant, les mans van explorar la seva esquena, enviant un formigueig d'anticipació per la seva espina dorsal.

Van fer una pausa, van respirar fondo i es van mirar als ulls, i després van tornar a besar-se, amb les llengües entrellaçades.

Per fi, ella es va retirar, i ell la va mirar de nou, admirant la manera com el seu pit s'alçava.

Ell es va ajupir i li va treure la camisa blanca, lliscant les mans sobre els seus costats, i després la va aixecar per sobre del seu cap mentre ella aixecava els braços.

Ella va somriure de nou, pronunciant la simple frase, "t'assemblo bé?"

Era una pregunta que realment no necessitava resposta; ella era magnífica.

En lloc de respondre, ell va fer fora els seus pits a les mans, passant els seus dits sobre la pell.

Els mugrons eren grans i rosats, també ja estaven durs i de punta quan ell va acariciar amb els polzes.

La va atreure cap a ell una altra vegada, i es van besar mentre passava les mans pels cabells, traçant els contorns del coll.

La va portar amb compte cap al llit, besant-la alternativament i tocant els pits.

Livia va sospirar mentre es ficava al llit d'esquena, i ell va pujar al llit al seu costat.

Ell va besar la seva barbeta, i després el seu coll, baixant cap a la seva clavícula.

Va fer una pausa per un moment, admirant la forma dels seus pits, després va inclinar el cap cap a un, sacsejant el mugró amb la seva llengua.

Ella va murmurar una mica inaudible però feliç, i ell va continuar, xuclant suaument i passant la seva llengua sobre la pell sensible.

Ell va fer massatges el seu pit lliure, després va canviar postura.

Sabia bé, mentre les seves pròpies mans passaven pel braç, sobre l'espatlla, sentint el cos ferm.

Va mirar cap amunt, i els seus ulls es van tornar a trobar.

"Mmm ... no t'aturis" Va dir ella.

En lloc de respondre, ell la va besar a la base del seu estèrnum i després es va moure pel seu estómac.

Va reflexionar de nou sobre la suavitat de la pell i la forma del cos, ben silueta, però sense músculs durs.

Va aconseguir la banda de la seva faldilla, baixant-se del llit per col·locar-se entre les cames.

Li va treure la faldilla i les calces de cotó, sobre els malucs, lliscant-les sobre les cames per col·locar-les a terra.

Livia es va treure les sabates i es va quedar nua i indefensa davant seu.

Despullada, les seves cames es veien tan bé com ell ho havia imaginat a baix a la taverna.

Va passar les mans sobre les cuixes, movent-les lentament cap amunt, i va besar els malucs, just al costat del turó de pèl púbic.

Les cames estaven separades, i ell va bufar suaument entre elles, la calor del seu alè provocant-la, mentre mirava, a la llum de l'espelma, una gota d'humitat brillant entre elles.

"Oh sí," va sospirar Livia, "sí, si us plau ..."

Va passar la seva llengua per la rajeta, després va separar els seus llavis, sondejant la càlida i acollidora carn del seu cony.

Livia va panteixar de plaer, els seus malucs retorçant-se luxuriosament contra els llençols.

Conan va posar les mans a les natges i va continuar xuclant i llepant, llançant la seva llengua contra el seu clítoris.

Llívia estava gemegant suaument ara.

Va baixar una mà per acariciar els cabells, corrent al llarg del contorn punxegut de la seva orella esquerra.

Ell va aixecar la vista, observant com aquests meravellosos pits pujaven i baixaven a mesura que la seva respiració es feia més pesada, més agitada.

Va tornar a la seva tasca, ara ficant un dels seus dits al seu conyet mentre continuava llepant-lo.

Mentre jugava amb el seu clítoris, ella va gemegar, movent-se lleugerament sota ell, així que ho va fer de nou, convertint els seus gemecs en panteixos apassionats.

Es va posar dreta, una vegada més admirant la bellesa de la noia que tenia davant seu.

Livia es va recolzar als colzes, la suor ara li gotejava la cara, i li clavava un floc al front.

La seva mirada va viatjar pel seu cos, mentre ell una vegada més es va asseure al llit al seu costat.

"Ho vas gaudir, veritat"

Se'n va burlar ell, rebent un petó en resposta.

Es va estirar per acariciar un dels seus pits una altra vegada, mentre la seva mà lliscava pel costat.

Ella va tirar del seu cinyell, va afluixar el cordó amb una mica de dificultat i després se les va posar sobre les cuixes.

Ell es va treure el calçó, i la mà d'ella va buscar la seva polla, acaronant al llarg de la seva longitud, i passant el seu dit per la punta, fregant el capoll.

Ell va besar el seu pit més proper una altra vegada, xuclant el mugró, llepant-lo, mentre la seva pròpia mà acariciava la seva erecció.

Es va tornar a meravellar davant la suavitat del seu toc, que semblava només portar-lo a un èxtasi més gran.

Ella va fregar la seva polla contra els cabells humits de la seva vagina, i ell va mirar cap amunt veient la seva implorant mirada.

Fent girar la cama, es va muntar a sobre, el seu pes pressionant els seus pits.

Ella el va guiar, cap a dins, mentre ell empenyia profundament dins del seu acollidor cony.

"Oh, déus", va murmurar ella, embolicant un braç darrere del seu coll i agafant les natges amb l'altra mà mentre continuava gronxant-se cap endavant i cap enrere.

Estaven panteixant ara, el plaer brollava dins seu mentre empenyia una vegada i una altra dins del seu cos.

Es van fer un petó, mentre ell donava un massatge a un dels seus pits, i ella passava un dit al voltant del contorn de la seva orella.

Va fer una pausa per un moment, no volent que l'esdeveniment acabi gaire aviat.

Els seus ulls marrons estaven vius, brillant a la llum de les espelmes, i el seu somriure era tan contagiós i convidador com sempre.

Ell va començar a moure's de nou, sentint els seus malucs apretant-se contra ell, la seva mà agafant les seves natges amb més força ara, els pits plens de suor, mentre continuava ballant els mugrons rosats i inflats.

Livia va cridar quan ell es va córrer, agafant-lo cap a ella mentre el seu propi orgasme sacsejava el seu cos.

Fins i tot Conan no havia esperat que la seva primera nit de tornada de l'aventura fos tan plaent.

CAPÍTOL II
ZULA

Zula va tancar la porta de la seva habitació darrere seu, i es va recolzar contra la porta per un moment, sobtadament nerviosa.

S'havia excusat de la conversa nocturna quan Yakin havia marxat per completar el seu propi treball nocturn.

Ella havia al·legat cansament, però la veritat era força diferent.

Va treure la màgica bola de vidre de la seva bossa, i la va sostenir a la mà, mirant-la, amb el cor bategant.

Quan la va trobar, enterrada entre les escombraries prop de la part del darrere d'una cambra subterrània, inicialment havia planejat lliurar-la als altres, com qualsevol part del botí del tresor del grup.

Però això va ser abans que ella s'adonés de com seria d'utilitat, i exactament el que ella podria fer amb això... només si els altres no sabessin que la tenia.

Se sentia culpable per fer-ho, especialment quan considerava quin havia estat el seu veritable motiu.

Potser els hauria d'haver dit, i després reclamar-ho com la seva part del botí.

Era molt més fàcil si no ho sabien... però, igualment, ara seria extremadament incòmode si ho descobrissin.

Però ja era massa tard per això.

Tenia la bola de vidre a la mà i no tenia sentit haver-la pres si no tenia la intenció d'usar-la.

Això seria el pitjor de totes dues possibilitats.

Respirant per calmar-se, va lliscar el pestell de l'interior de la porta, tancant-la, i es va dirigir al seu llit.

Es va treure la jaqueta, la va posar de banda, es va asseure al llit i també es va treure les botes.

Com follet, li encantaven les comoditats, i el llit ja se sentia atractiu.

Es va ficar al llit, damunt de les mantes, sentint el seu material suau amb els dits dels peus nus, i recolzant profundament el cap al coixí.

Aleshores, ja sentint-se una mica més relaxada, va estendre el petit orbe màgic davant seu.

Ella sabia com activar les coses, per descomptat, havent-ho vist fer una vegada abans, fa uns quants anys.

Eren dispositius útils, però rars, i va ser només la seva bona fortuna el que li va permetre que un llisqués a les mans.

Va mirar fixament el globus, donant-li vida, i després el va pressionar suaument contra un ull tancat.

El vidre va començar a brillar, i un nebulós disc de llum va sorgir davant seu.

Va obrir la mà i la bola va començar a aixecar-se, deixant el globus enrere, encara fix davant de la cara.

Podia veure formes formant-se dins del disc: una imatge de la seva habitació fosca vista des de la perspectiva de la bola de vidre, no des dels seus ulls.

Un ull màgic, de fet, va pensar.

Ara només tenia pensar on volia que fos, i esperar que ningú no el veiés.

Era tan petit que, segurament, ningú no ho faria, sempre que ella tingués cura.

Ara podia mirar on volgués, sense que ningú ho sabés... i hi havia un lloc en particular que ella certament volia mirar.

Va desitjar que l'ull surés per la finestra oberta i baixés a la planta baixa, on va lliscar per una altra obertura.

L'espai era massa estret perquè entrés una persona, a causa de la reixeta metàl·lica sobre la finestra, però no per a una cosa tan petita com aquest ull.

Va dirigir l'ull cap a la sala principal, on havia deixat els altres, i el va deixar penjant just a sobre de la porta, a les ombres a prop del sostre.

La casa només estava il·luminada per unes poques torxes aquí i allà, deixant moltes taques de foscor.

A través de la porta, podia veure Yasmina i Valeria, els qui ja semblaven estar retirant-se, aparentment decidint que no podien fer res més aquesta nit, llevat que volguessin esperar Conan i Snagg .

Esperant el moment adequat, va aturar l'ull on era, fins que van començar a pujar les escales, i després el va moure lentament pel passadís, cap a una de les portes del darrere.

La vista màgica del lloc era extraordinària, gairebé com si ella mateixa estigués parada allà, o més aviat flotant a l'aire, just a sota del sostre.

Els detalls eren tan nítids com la seva pròpia vista, i gairebé amb el mateix camp de visió.

Però era bo que ella estigués en una habitació fosca, ja que les ombres que es mostraven al disc davant ella haurien enfosquit tot si ella mateixa estigués parada a la llum.

Gairebé immediatament després d'entrar al corredor del darrere, va veure el seu objectiu: Yakin.

Yakin era, per descomptat, humà, i aquí hi havia la tragèdia.

Era un noi guapo, uns anys més jove que ella, però prou gran per ser el seu tipus, i prou madur com per interessar-lo.

Hauria estat un bon follet, amb la seva aparença, els cabells castanys clars i el nas recte.

Però no ho era, cosa que significava que sempre hi hauria un abisme entre ells.

Els humans sovint es barrejaven amb els elfs: Conan n'era una prova vivent, però mai amb els follets.

La diferència de mida era un obstacle massa gran per a les seves percepcions i, si ella era honesta, també per a la majoria dels follets.

Tenia tres peus i dues polzades d'alçada, perfectament raonable per a una dona gnòmica, però contra un humà com Yakin... bé, si havia de ser sincera, el problema era el que tenia a l'entrecuix, que seria massa gran per a ella.

Era una pena, realment ho era.

Si només hi hagués alguna manera de reduir-lo a la seva mida, perquè la pogués prendre com una dona normal.

No era que semblés una nena en cap altre aspecte; els seus pits i malucs la feien tan ben formada com qualsevol dona humana.

Els nans eren diferents, amb la seva constitució gruixuda i membres atrofiats; fins i tot si un humà fora de la mida d'un nan seria poc probable, va pensar, trobar-ne un atractiu.

I, si ella fos una nana, probablement no veuria res a Yakin.

Però no ho era, i la veritat era que ell era un jove atractiu, i sempre considerat i servicial.

Quantes vegades s'havia ficat al llit en aquest mateix llit, pensant-hi?

Quantes vegades s'havia imaginat el seu rostre els últims dies, esperant fins que pogués estar a prop seu una altra vegada?

Quantes vegades havia fantasiat ella amb ell, imaginant-ho d'alguna manera reduït a la seva mida, i del que podrien fer junts si ho estigués?

Però ella no volia fer això aquesta nit; ella només desitjava mirar-ho, sabent que, si ell sabia el que ella sentia, les coses es tornarien desesperadament incòmodes.

Perquè ell era un humà, i mai no podria correspondre als seus sentiments, als seus desitjos.

Així que es va ficar al llit al llit, observant-lo tancar els porticons i apagar les torxes, preparant la vila per a la nit.

Es va adonar que, amb els porticons tancats, hauria de tornar a baixar les escales després que ell se n'hagués ficat al llit, i obrir la finestra per deixar que l'ull tornés a la seva habitació.

Però, de moment, estava contenta de veure'l.

Després d'una estona, aparentment satisfet amb els deures durant la nit, Yakin es va dirigir a través d'una porta lateral.

Zula es va adonar immediatament que no era el camí a les seves estances.

De fet, es va adonar, el seu cor gairebé saltava en pensar-ho, era la porta de la sala de bany!

La ciutat de Tarantia es va construir sobre aigües termals, part de la raó de la seva existència.

La vila, com moltes ubicades a tota la ciutat, tenia la seva pròpia sala de bany, plena d'aigua naturalment càlida.

Ella mateixa ho havia fet servir abans per eliminar la brutícia i la pols del viatge, el seu primer bany adequat en més d'un mes.

Inconscientment, oblidant la seva resolució de només una estona abans, va moure la mà esquerra al pit, acariciant-lo a través del drap vermellós de la seva túnica.

Els mugrons es van endurir amb el toc.

Estava Yakin simplement anant allà per arreglar alguna cosa, o...?

Ella va moure l'ull a través de la porta darrere seu, llançant-lo cap al sostre.

Yakin es va tornar de sobte, va mirar darrere seu i després va sortir per la porta.

¿Havia vist l'ull?

Ho havia mogut massa ràpid?

Zula estava paralitzada ara, sense atrevir-se a moure's, com si, d'alguna manera, ell la pogués veure, i no a una bola de vidre flotant.

Però el jove humà va negar amb el cap, aparentment sense veure res, i va tornar a l'habitació, tancant la porta darrere seu.

Havia estat a prop, però semblava que ella havia aconseguit mantenir l'ull fora de la vista.

Ara, però, no es va atrevir a moure'l des del seu lloc actual a prop del sostre, lluny de les dues làmpades que il·luminaven l'habitació.

Ella no podia arriscar-se que ell tornés a sospitar.

Yakin va treure una de les tovalloles, col·locant-la prop del bany.

Ella es va adonar que ell realment es banyaria, i el seu pla original es va esvair dels seus pensaments per complet.

Ella només volia veure'l treballar, fins que ell va apagar els llums i va enfonsar la casa a la foscor, però ara era diferent.

Es va fregar el pit amb la mà esquerra de nou, arrugant la tela sobre ell, sentint l'emoció mentre lliscava la seva altra mà per descansar a la part interior de la cuixa, sentint el suau cuir de les tires estretes contra la seva carn .

Ella va respirar, va sospirar amb anticipació, els ulls es van eixamplar.

Yakin es va treure la túnica i després es va ajupir per descordar-se les sabates.

Malgrat tot el que havia intentat, mai abans no ho havia vist en un estat de nuesa parcial.

Es va adonar que ni tan sols sabia com es veia un home humà nu.

Quant s'assemblarien als follets?

A jutjar pel que havia vist fins ara, no hi havia cap diferència.

Yakin estava moderadament ben constituït, la seva pell clara era impecable i suau, una lleugera capa de pèl a la part superior del pit, però molt poc.

El seu físic era com ella sempre ho havia imaginat, retallat, però no excessivament musculós, el ventre pla.

Ella va mirar cap avall a la cintura, mentre començava a furgar amb els cordons que sostenien el seu propi vestit.

I llavors Yakin es va capgirar.

No era la seva esquena el que ella volia veure, però ara estava d'esquena a ella, col·locant les sabates i la túnica acuradament al banc davant seu.

No es va atrevir a moure l'ull per veure'l millor, i només se'l va mirar fixament, incapaç de fer res per la seva situació.

Amb un moviment suau, Yakin es va treure les mitges llargues i després es va abaixar els pantalons curts de cotó que portava a sota.

Les seves natges eren fermes, ben formades, del tipus que li agradaven a ella.

Però ella volia veure'n més.

Per què s'estava prenent tant de temps?

Amb un grunyit de frustració, va baixar la mà esquerra, es va obrir la túnica, es va ficar la mà i després es va pessigar el mugró nu.

Els nusos dels cordons es van desfer, i ella va lliscar la seva altra mà a les calcetes, passant els dits sobre el pèl púbic i baixant a la rajada entre les cames.

Li feia mal el cony de desig, però s'ella va obligar a aturar-se, preguntant-se en silenci.

De veritat ho havia de fer?

Sí.

Sens dubte volia fer-ho.

Yakin es va girar cap al bany, dret davant seu, completament nu, amb allò interessant tot a la vista.

En aquell moment es va adonar que ni tan sols havia pensat en quina de les dues possibilitats realment volia que fos la veritable.

Havia esperat que, malgrat la gran mida de l'humà en altres aspectes, el penis fora de la mida d'un follet, donant-li una esperança, encara que fos distant, esperant que algun dia ell pogués triar col·locar-lo entre les cuixes?

O havia esperat secretament, en algun racó fosc de la seva ment, que els humans fossin proporcionats com els follets en tots els sentits, fent que la seva polla sigui tan gran i potent com la resta d'ell?

Ara estava molt clar que la darrera possibilitat era la veritable.

Ella mai no havia vist un humà nu abans, però havia vist nus homes follets i, en totes les seves proporcions, Yakin certament s'assemblava a un.

Què tan gran significava això per al seu penis, especialment quan estigués completament erecte?

Ara no estava erecte i li va semblar enorme, quant seria de gran en completa erecció?

Com més lluny havia esvaït això les esperances que ella tenia per posseir-lo?

En aquest moment, a ella no li feia res.

Amb la mà esquerra acariciant el pit, ella va ficar un dit entre els llavis del seu cony.

Estava molt mullat, calent, adolorit pel seu toc.

Ella necessitava alliberar-se, i ella ho necessitava aviat.

El seu dit va acariciar el seu clítoris, i va ofegar un gemec quan va experimentar una sobtada onada de plaer.

Ella ho necessitava tant que feia mal.

Sí, ella s'havia masturbat moltes vegades abans, pensant en Yakin, però mai no havia estat així.

La imatge d'ell nu davant el bany era una que segurament ella mantindria a la seva ment per sempre.

Va semblar una eternitat, però difícilment podria haver passat molt de temps abans que ell llisqués cap a les càlides aigües del bany.

Ara buscant el sabó perfumat i la pedra tosca que ella mateixa havia utilitzat aquella mateixa nit.

Les aigües estaven netes i clares, permetent-li una vista de tot el cos, distorsionada per les ones, però més que suficient per alimentar les seves fantasies.

Ella va lliscar el seu dit dins i fora del seu cony, trobant un ritme, sentint la humitat relliscosa del seu sexe.

Després, mirant una vegada més l'objecte del seu afecte, va fer una cosa que mai no havia fet abans, i va empènyer un segon dit.

Va començar a bombar, a copejar més fort, la seva respiració entretallada, estirant el mugró amb l'altra mà, girant-lo entre l'índex i el polze.

Desitjava tant a Yakin, però això era tot el que podia fer per sentir que l'estava penetrant al seu llit.

Els seus dits van treballar dur, mentre els forçava més endins, imaginant aquella enorme polla completament erecta, obrint-se pas cap al seu ansiós cony.

Imaginant aquestes natges fermes colpejant a dins amb vigor creixent.

Va ficar un tercer dit a la seva passió luxuriosa, trobant-lo apretat, gairebé dolorós.

"Podria fotre't, sé que podria..." va panteixar, adonant-se de sobte que havia parlat en veu alta.

Aleshores el seu clímax la va copejar, i es va arquejar sobre el llit, el seu petit cos va convulsionar quan onades d'orgasmes es van estavellar sobre ella, atordint en la seva ferocitat, encegant-la fins i tot la vista de l'home nu al disc de llum que tenia davant.

CAPÍTOL III
CASSANDRA

Les botes de cuir de sola tova feien poc soroll quan la figura fosca i encaputxada caminava al llarg d'un carrer fosc fosc.

Les cases properes eren grans, algunes de les més opulentes a Tarantia, moltes il·luminades per la llum d'una llanterna des de dins a aquesta hora de la nit.

Fins i tot si no fos per la foscor de l'exterior, poc hauria estat visible dels trets de la figura, embolicats sota la capa llarga i encaputxada.

La figura va mirar al seu voltant per assegurar-se que ningú no estigués mirant, però el carrer estava desert.

Es va acostar a la porta del darrere d'una de les cases i va colpejar suaument.

Després d'una llarga pausa, la porta es va obrir lleugerament i un rostre humà va treure el cap.

Aparentment satisfet pel que fa a la identitat del visitant, l'home va obrir més la porta i la figura va desaparèixer a dins.

L'habitació interior era ombrívola, il·luminada només pel canelobre que sostenia el servent.

Cassandra es va retirar la caputxa del seu mantell, revelant un rostre bonic, però seriós, amb pell pàl·lida i cabell castany fins a les espatlles.

No obstant això, la seva ascendència va ser immediatament aparent, tal com ho va ser, potser, la seva raó per amagar-se.

Només per sota dels seus cabells es veien les puntes de dues banyes petites i negres, i els seus ulls brillaven a la llum de les espelmes com dos granats foscos, un tint vermellós definitivament antinatural.

"L'informaré a la seva senyoria de la seva presència", va dir l'home, aparentment sense reaccionar de cap manera davant la seva reveladora aparença, "i si us plau espereu aquí".

Dit això, se'n va anar, emportant-se l'espelma i submergint l'habitació en una foscor gairebé total.

Això importava poc a Cassandra, encara que no tenia idea de si l'home se n'havia adonat o no.

Ella era una semidemònia, la seva sang tacada amb la foscor de l'infern mateix.

La majoria dels seus avantpassats havien estat humans, és clar, però una de les seves rebesàvies s'havia compromès a una nit de llibertinatge desenfrenat amb un dimoni, deixant com a resultat el seu besavi.

No sabia ni es preocupava pels detalls precisos, ni de bon tros sobre com la seva línia tocada per l'Infern s'havia propagat per generacions, però la taca infernal a la seva sang li donava alguns avantatges sobre els humans més mundans.

Una de les quals era la gran capacitat de veure en la foscor que fins i tot hauria desafiat la visió d'un gat.

Aquesta era, va concloure, una sala d'espera per a visitants que no tenia clar que la propietària de la casa volgués que els altres veiessin en arribar.

Comerciants majoritàriament, probablement, però també aquells com ella.

L'habitació tenia poca decoració i només una finestra, que estava ben tancada.

Aquí hi havia un parell de cadires, totes dues funcionals, però no prou cares per adaptar-se realment a la casa.

L'únic toc de personalitat era al passadís més enllà, aturat en un petit pedestal.

Era una estatueta, de fosa de bronze, que mostrava un sàtir amb un fal·lus inversemblantment gran, ocupat a follar-se a una petita nimfa.

La boca de la nimfa estava oberta, cridant, però l'estatueta era massa ambigua per dir si l'escultor havia volgut que fos per plaer o per dolor.

El que era, sospitava ella, força deliberat.

De qualsevol manera, semblava una cosa estranya per tenir al passadís.

L'home va tornar, després d'una espera que segurament tenia la intenció de posar-la al seu lloc, però no prou per ser realment inconvenient.

"La vostra senyoria et veurà ara", va dir, i li va fer un gest perquè el seguís.

Va guiar el camí a través d'un passadís que, a banda del pedestal i la seva figura, s'assemblava molt a qualsevol altra casa costosa i opulenta.

Es va preguntar si l'estàtua de bronze s'hi havia posat per beneficiar-se'n i, en cas afirmatiu, quin seria el missatge que se suposava això tenia.

Potser només tenia la intenció d'intranquil·litzar-la, però, si fos així, havia fracassat.

Caldria més que això per sorprendre una semidemònia.

Per fi van arribar a una porta doble de fusta tallada amb un abstracte baix relleu, que l'home va obrir per indicar una habitació més il·luminada més enllà.

Li va fer un gest perquè entrés, després, una vegada que ho va fer, es va inclinar silenciosament davant de l'ocupant de l'habitació abans de retrocedir i tancar la porta.

La seva senyoria era clarament una pervertida.

Els tapissos penjaven en tres de les quatre parets de l'habitació, ocultant qualsevol altra porta o finestra que hi pogués haver.

L'única paret nua era la que contenia la porta per on acabaven d'entrar, i que sostenia llanternes brillants amb canelobres que feien llum sobre l'habitació.

A més, hi havia dues cadires i una taula petita, sostenint allò que semblava ser una ampolla de vi i una copa.

Si s'assegués a la cadira buida, la taula estaria fora del seu abast, però, el que és més important, només es veurien les tres parets amb tapissos.

I si la figureta al passadís podia tenir o no la intenció de fer-la sentir incòmoda, segurament els tapissos sí.

Cadascú mostrava un jardí nocturn, ple de cossos nus embolicats en actes sexuals gràfics i explícits.

Anaven de l'apassionat al bizarro i fins i tot brutal.

A més dels humans i els elfs, els homes bèstia i els semidimonis semblaven ocupar un lloc destacat, i moltes de les parelles eren del mateix sexe.

No tenia res a veure amb per què havia estat convidada aquí, i la seva ment va començar a formular tàctiques d'escapament, només com una precaució.

Lady Gedren estava asseguda a la més gran de les dues cadires, que semblaven trons, i encoixinades amb tela vermella.

"Bona nit", va dir ella, amb la seva veu suau com la seda, "preneu seient".

Cassandra ja havia fet la seva tasca, abans de venir, sobre la dona que tenia al davant.

Lady Taramis Gedren poques vegades es veia en els cercles socials de la noblesa local, i amb bona raó: ella era una elfa fosca.

Fins on va poder determinar Cassandra, havia estat exclosa de la seva pròpia societat per alguna raó, i s'havia establert aquí, enfortint la seva fortuna amb el treball mercantil i màgic.

El títol de "dama" era una mera afectació, un romanent de la seva educació super exclusiva.

Va seure a la cadira buida, davant de l'elfa fosca.

Sobre l'espatlla esquerra de la seva senyoria hi havia una representació d'una dona elfa que s'ennuegava amb la polla rígida d'un minotaure, i sobre l'altra, una imatge d'un home humà, encadenat a un arbre mentre un elf fosc masculí el sodomitzava.

A jutjar per la pròpia postura de l'ésser humà, això era aparentment una cosa que gaudia molt, malgrat les cadenes.

Cassandra va ignorar les dues imatges, mantenint els seus ulls fixos fermament en la dona davant seu.

"Vaig sentir que ets bona", va dir la seva senyoria.

La semidemònia no va dir res: ateses les circumstàncies, la frase era força ambigua.

"A obtenir coses sense el coneixement del seu propietari", va afegir l'elfa fosca després d'un breu silenci, "en entrar a les instal·lacions on altres preferirien que no es profanessin. És això cert?"

"Sí", va respondre Cassandra, una simple declaració de fet.

Gedren ja ho sabia, o ella no hi seria.

L'elfa fosca va assentir, mantenint la seva expressió altiva.

El seu vestit, si es pogués dir així, estava fet d'un material porpra fosc, però Cassandra sospitava que el seu creador no podria haver estat un simple sastre comú.

La part superior consistia en dues peces de l'indefinit material porpra fosc, estirades sobre els pits de Gedren, unides per un fermall daurat amb un sol robí a l'ampli escot, i també proveït de tires negres de tela al voltant de l'esquena i sobre les espatlles .

També portava un mantell d'un fi material negre i sedós, formant una colla al voltant del seu coll, però se la va empènyer cap enrere per mostrar millor el sensual i eròtic conjunt de la resta del cos.

Braçalets de plata decoraven els braços nus, mentre que peces de farciment negre cobrien els braços, amb forma d'armadura, però clarament decoratius en lloc de pràctics.

La seva pell era de color negre atzabeja, suau i sense defectes.

El seu ventre estava nu, prim i curvilini, decorat només per una cadena de filigrana daurada just sota el seu melic, sostenint una petita gemma penjant.

Sota això venia la segona part del seu vestit, dues tires amples del mateix material porpra fosc embolicades entre les cames, arribant fins a la meitat dels panxells.

Estaven unides per dues tires negres més, una que s'estenia sobre els malucs nus i l'altra més avall a la part superior de les cuixes.

Semblava gairebé una camisa, però, tot i així, deixava les cames gairebé nues.

"Tinc una tasca que requereix algú dels seus talents particulars", va dir Lady Gedren, "no cal dir que la seva discreció és absolutament essencial".

"Sabrà que el silenci ve garantit amb la meva feina", va respondre la semidemònia.

Gedren ja ho hauria comprovat també.

S'esperava en aquest negoci.

"Perfecte." va contestar l'elfa fosca, amb un lleu somriure temptador als seus llavis.

Els cabells eren blancs purs, com la neu, recollits en una llarga cua de cavall, amb serrells solts que emmarcaven el seu rostre.

Els seus ulls eren de color ambre brillant, però d'alguna manera tan freds com el gel.

Ella no semblava ser del tipus de dona amb qui vingués de gust creuar-se en el teu camí, però Cassandra havia bregat amb molta d'aquest tipus de gent durant la seva vida, i hi havia poques persones que poguessin intimidar-la ara.

Gedren va creuar lànguidament les cames, mostrant la suau extensió negra d'una cuixa nu i, probablement de manera força intencional, un centelleig de les calces de color porpra fosc.

Tot el seu enfocament, va haver d'admetre Cassandra, era nou mètode per a ella.

Normalment, si algú volia impressionar-la sobre com eren de poderosos i aterridors, utilitzarien l'amenaça implícita de la violència.

Aquesta era la primera vegada que algú intentava desanimar-la a través de la sexualitat.

Però ella estava decidida que no funcionaria millor que qualsevol altre enfocament.

I no era, simplement, a través de l'ús de la decoració i la roba reveladora que Gedren estava intentant fer-la sentir incòmoda.

Fins i tot dins el curt espai de temps que havia estat a l'habitació, els ulls de l'elfa fosca ja havia recorregut i s'havien aturat sobre el cos diverses vegades.

Cassandra portava roba de cuir, que cobria cada centímetre de la seva pell, excepte el cap, però no hi havia dubte que estava despullant-la mentalment.

Com un semidemònia, aquesta era una experiència inusual, i no semblava que Gedren estigués fingint el seu desig.

Per això, si els tapissos eren una guia, els seus gustos tendien a allò inusual i variat, però, malauradament per a l'elfa fosca, Cassandra no tenia, ara mateix, cap intenció de fer-ho amb una altra dona.

"Hi ha alguns individus que recentment van tornar a aquesta ciutat", va continuar Lady Gedren.

"Són el tipus de persones que tendeixen a endinsar-se a les ruïnes subterrànies a la recerca d'or i tresors. Estic segura que coneix el tipus de persones de què li parlo. Són experts i experimentats, com qualsevol que hagués de sobreviure durant molt de temps en aventures".

Cassandra va assentir, però esperant que Lady Gedren acabés el que havia de dir.

“I han adquirit alguna cosa, una cosa que m'agradaria que obtinguessis per a mi...”.

CAPÍTOL IV
VALERIA

Valeria va pujar les escales a la part posterior de la botiga de cartografia i mapes.

Onna, la propietària de la botiga, era algú a qui havia conegut feia ja molt de temps.

Sovint li havia proporcionat per al viatge documents o mapes interessants, que els havien portat a aventures dramàtiques a les terres del nord.

L'últim mapa d'aquest tipus havia resultat particularment útil, i ella mereixia saber el resultat d'aquesta aventura, per la qual cosa Valeria s'hi va acostar poc temps després d'haver tornat.

Va trucar a la porta de l'habitatge que tenia Onna sobre la botiga, i va ser recompensada poc temps després quan la propietària va obrir la porta.

Valeria va veure que la dona estava ben vestida i portava un ric vestit blau sense mànigues, amb una faldilla llarga rajada pel costat per lluir una cama prima i botes fins al turmell.

Un cinturó ample li cenyia la cintura, accentuant la seva figura, i el vestit en si tenia un escot en forma de diamant obert entre els seus pits amb tirants sobre les espatlles nues, on un collaret de pedres de color ambre penjava al coll.

Valeria es va adonar de tot això i es va adonar de seguida que probablement no era la roba casual de la seva amiga.

"T'he interromput?" Ella va preguntar: "Sempre puc tornar demà".

Onna va semblar desconcertada per un moment, i després es va mirar a si mateixa, seguint els ulls de l'elfa.

"Oh, res que no es pugui posposar", va dir ella, enrojolant-se lleugerament, "jo només estava ... no, no és res. Entra".

"Si n'estàs segura", va respondre Valeria, entrant.

Ella havia estat aquí abans, però no gaire sovint.

Generalment es veien a la botiga.

Onna mantenia els millors i més valuosos documents aquí, on estarien més segurs.

Havent descobert que els clients de Valeria pagaven bé per aquesta informació, aquests documents li havien proporcionat clients valuosos, així com que es fessin amigues, i estava entre la poca gent que tenia accés al seu santuari interior.

Un llarg sofà entapissat ocupava el centre de l'habitació, col·locat en una rica catifa blava i blanca davant d'una xemeneia ornamental que, en aquesta època de l'any, estava apagada.

Antics gerros i articles d'art decoraven l'habitació, mostrant la passió de la dona per les coses del passat.

A la part posterior de la sala, un escriptori contenia diversos trossos de pergamí, que estaven clarament en el procés d'examen per part d'Onna.

"Volia fer-te saber com va resultar la teva última venda", va explicar la dona elfa, "va ser molt rendible per a nosaltres".

"Sí, vaig saber que havies tornat", va dir Onna, "les notícies viatgen ràpid. Conan i Snagg eren a La Copa d'Or fa només dues nits, i ja la meitat de la ciutat ho sap".

Valeria va assentir, somrient.

Conan no havia tornat fins al matí següent, cosa que era gairebé inusual, i fins i tot Snagg havia tornat tard.

Sens dubte, s'havien passat el temps complaent qualsevol que escoltés.

"Aleshores ja coneixes la història?" va preguntar ella, una mica decebuda.

"Només la història de forma vaga; l'has de completar per a mi. Però, abans d'això, tinc altres assumptes per a tu. M'he trobat amb un document que crec que podries trobar força interessant".

"No tenim previst de tornar a sortir de nou", li va advertir Valeria, "però aquesta no és una raó per no fer una ullada, estic d'acord amb això".

Si el document fos útil, seria millor comprar-lo ara que córrer el risc que el vengui a altres aventurers abans que el puguin obtenir.

Va seguir Onna fins a l'escriptori i va mirar amb curiositat els trossos de pergamí que tenia al davant.

"Aquesta és l'única còpia que hi ha", li va dir Onna, sostenint un feix de pergamins més vells. "En realitat es tracta d'aquesta ciutat, aquí mateix. Un document antic, que va arribar a les meves mans de forma fortuïta. Sembla ser un relat d'alguns aventurers de temps passats. Van trobar una mica sota la ciutat, als antics brolladors, crec. Mira, hi ha alguns mapes aquí, força rudament dibuixats, ho sé, però semblen estar referint-se a alguna cosa perillosa".

"Res que sigui prou perillós com per destruir la ciutat durant un segle o així, oi?" Va contestar l'elfa, somrient.

Onna va somriure en resposta, un centelleig de dents blanques.

"No, suposo que no. Però, no obstant, és interessant, ¿no creus? I aquí mateix, així que no hi haurà necessitat d''anar' enlloc per investigar-ho. Crec que et pot resultar gratificant llegir-ho ".

Valeria va assentir, "Estic interessada. Podem discutir els preus més endavant".

Per descomptat... però hi ha una última cosa. Alguna cosa en què necessito la teva ajuda, en realitat. Em vaig trobar amb un altre document recentment. No hi ha raó per suposar que sigui d'especial interès per als aventurers... però, bé, està en un dialecte arcaic dels elfs, que tinc dificultats per traduir. Per ser honesta, no estic arribant gaire lluny; hi ha massa paraules desconegudes per a mi. Si ho pots veure, i donar-me una idea de si el que hi ha val la pena perquè ho analitzis més a fons... podria ser capaç d'oferir-te un descompte en això altre", ella va acariciar lleugerament la garba amb els mapes.

"És clar, ¿per què no? Deixa'm fer una ullada i veuré el que et puc dir".

Onna li va lliurar unes quantes fulles de pergamí, que no semblaven tan velles com les altres.

Sí, el dialecte era molt arcaic, i deu haver estat copiat diverses vegades, però l'escriptura era clarament élfica.

Els va revisar per un curt espai de temps, i després va sufocar una riallada, posant la mà sobre la boca per ocultar la seva diversió.

"Ho sento", va dir, "no és exactament el que penses. No és realment arcaic... sinó tot al contrari, en tot cas. Però no, puc veure que moltes d'aquestes paraules no són les que normalment trobaries a la teva feina .I l'estil és ... no és realment un amb el que estigui familiaritzada, tampoc".

Onna va arrufar les celles, semblant confosa.

Les comissures de la boca es van contraure, però, en simpatia amb la diversió de l'elfa, però sense saber de què es tractava la broma.

"Llavors, què és? No és valuós? Digues-me que no és només una llista de compres, o alguna cosa així!"

"No, no és això", Valeria estava tenint dificultats per evitar somriure.

Realment no era culpa de la seva amiga que s'hi hagués trobat.

"I suposo que podria valer alguna cosa per al comprador correcte. És només que ... bé, potser hauria de llegir-te una mica perquè sàpigues del que estic parlant".

* * *

L'olor fragant de les roses flotava a l'aire, la llum que tacava les fulles verdes com el toc de la llum del sol sobre l'aigua lluent.

La donzella elfa va esperar la benedicció del rampell que anunciaria un nou clarejar, el seu cor cantant una melodia antiga, però nova, una promesa d'un fèrtil despertar.

L'alè del seu amant, tan suau com la pluja d'estiu a la cara, el petó, la promesa d'un futur sense revelar.

El toc d'una papallona seria igual de dolç, com quan la donzella elfa apropés a la seva llengua els grans i lleugers globus dels pits de la seva amant desitjada.

* * *

"Ho sento, ¡simplement no puc seguir!" Valeria va dir ara rient a riallades.

"Però crec que entens la situació. Això ... això és bàsicament pornografia élfica. I l'estil és probablement més exagerat fins i tot del que sembla traduït al Llenguatge Comú. Al·lusions poètiques i així successivament ... la gent llegeix això, però no és part de la seva lectura habitual, no ho crec. Tampoc vol donar-me-les de gaire experta en aquestes lectures".

Onna, pel que sembla, va tenir una reacció força diferent.

Semblava més nerviosa que qualsevol altra cosa, amb els ulls molt oberts, encara que la seva boca encara es contreia en un mig somriure, com si almenys pogués veure el costat divertit.

Va obrir la boca, com si estigués a punt de dir alguna cosa, però ella semblava pensar-ho millor.

"Sí?" va dir Valeria, amb més amabilitat, encara que seguint amb el somriure als llavis.

"Però... uh... vull dir, la donzella elfa al... uh, no vas dir 'del seu amant'..." Va deixar la frase incompleta, ara començant a posar-se vermell una mica.

L'elfa es va adonar immediatament de la font de confusió de la seva amiga.

Els humans solien ser una mica lents en aquestes coses.

"Sí", va dir, semblant una mica més seriosa ara, "l'amant de la 'donzella elfa' és una altra dona. Sense llegir més, és difícil estar segura, però no sembla haver cap home involucrat en aquesta història en particular. "

"És això ... és això comú?"

Els ulls d'Onna encara estaven molt oberts, i ara agafava el costat de l'escriptori amb una mà, una onada d'emocions creuant el seu rostre.

Estava clarament avergonyida de preguntar més, però curiosa alhora, volent saber-ne la resposta.

"¿Entre els elfs? Sí, ho és."

Una resposta directa semblava la millor manera de tractar el tema.

Almenys la dona humana no s'havia espantat o reaccionat negativament.

Ella mereixia una explicació clara per això, almenys... però Valeria encara no tenia clar cap a on anaven dirigides les preguntes.

"Mira, bàsicament, els elfs som persones lliures. El sexe és una altra experiència, cosa que gaudim, com a part del nostre amor per la natura; no el vinculem amb normes i regulacions estrictes. I aquesta llibertat s'estén al gènere del nostre company o companya, tant com a qualsevol altra cosa. I no són només dones; els homes elfs sovint tenen relacions íntimes entre si d'una manera que la majoria dels homes no la tenen. Per a nosaltres, tot això és realment part de la vida" .

"Llavors..." ella semblava no estar segura de com treure les paraules següents.

Els seus ulls blaus estaven fixos en els de Valeria, i ella va empassar una mica el seu nerviosisme.

De sobte, va ser força clar per a l'elfa on anava tot això.

I no s'oposaria en aquest moment, si només Onna pogués fer la pregunta.

"Llavors..." va continuar la venedora de mapes, "de veritat...?"

"Faria l'amor a una altra dona?"

Ella sabia que estava segura que era el que volia preguntar ara i només volia veure la reacció de la humana.

"Sí, ho faria. No hi ha res de dolent en un home... com vaig dir, som lliures amb els nostres afectes. Però, malgrat això, no hi ha res com la sensació d'una dona; sempre saben on tocar. I això em sembla veritablement diví".

Va fer un pas endavant, perquè estiguessin només a uns centímetres de distància, però Onna no va fer cap moviment, i els seus ulls encara no havien deixat de mirar els de Valeria.

Es va llepar els llavis per humitejar-los.

Valeria va observar com la llengua rosada de la seva amiga lliscava sobre els seus llavis.

El pit d'Onna pujava i baixava ara, clarament visible a través del vestit escotat.

L'elfa ara es va preguntar si el vestit, atractiu com era, havia estat pensat perquè el veiés ella.

Onna hauria sabut que ella vindria... però clarament no havia anticipat això; la seva confusió en escoltar el passatge llegit havia estat molt clara.

Potser ho havia volgut en alguna part profunda de la seva ment, però no ho havia comprès realment fins ara.

Ara que l'oportunitat es presentava amb la màxima claredat possible estava confosa.

Onna va agafar un altre alè, i després, amb una veu que gairebé li tremolava, i que a penes era audible fins i tot a aquesta distància tan curta, va preguntar: "Em podries ensenyar?"

En lloc de respondre, Valeria es va inclinar cap endavant, acariciant la galta de la venedora de mapes i després la va besar als llavis.

Era un simple contacte, però per un moment, Onna es va retirar enrere, insegura de si mateixa.

Però només per un moment, ja va ser Onna qui va fer el següent pas, besant a la feiticeira elfa en resposta, i aquesta vegada amb més confiança que abans.

Els seus llavis es van separar, i les seves llengües es van entrellaçar quan Valeria va pressionar el seu cos contra el de la seva amiga, sentint la forma dels seus pits a través de la roba.

Es va fer enrere, observant detingudament la cara d'Onna, mirant els seus ulls blaus, sentint el desig interior no formulat per les seves paraules que tenia tantes dificultats per articular.

El seu cabell sorrenc estava recollit, deixant el seu llarg coll nu, atractiu.

Valeria va passar la punta del seu dit per la barbeta d'Onna, aixecant-la una mica, després li va besar la gola i el costat del seu coll, amb l'altra mà al voltant de la cintura de la dona, sentint la suau calor de la tela.

"Potser hauríem de moure'ns al sofà?" ella va suggerir.

Hi havia un dormitori aquí, en algun lloc, però l'elfa estava massa ansiosa per perdre el temps anant-se'n cap a ell, i ella sospitava que la dona humana ho estava encara més.

Millor aquí, en aquesta sala que no és familiar per a totes dues.

L'altra dona va assentir amb el cap, potser pensant els mateixos pensaments, o potser massa emocionada en aquest moment per pensar en una altra cosa.

Onna es va asseure al sofà, gairebé tirant-se, amb les cames fluixes.

Valeria va somriure, estenent la mà per tocar una altra vegada la cara de la dona.

"No et preocupis", va dir tranquil·litzadora, "això serà divertit".

Ella es va asseure a mitges al sofà al seu costat, de manera que encara estaven una davant de l'altra.

Onna s'inclinava a l'esquena del sofà, com a suport, amb els braços estesos, la boca entreoberta, l'ascens i la caiguda del pit més evidents que mai.

Un colofó platejat mantenia la tela del seu vestit sobre el descote en forma de diamant a través del qual Valeria podia entreveure part de l'escot de la dona.

Va lliscar el dit per la clavícula de la seva companya, va passar pel collaret amb joies, després va descordar hàbilment el tancament, estirant les dues peces de roba cap avall i cap a un costat, exposant els pits d'Onna.

La dona humana no va fer cap moviment, com si estigués congelada al lloc on estava, a la qual Valeria li va somriure una altra vegada i va aconseguir els tirants de les espatlles.

Per fi, Onna va moure els braços, com si estigués en trànsit, incorporant-se una mica de la part posterior del sofà, perquè Valeria pogués baixar-li el vestit des de les espatlles i fins a la cintura.

"Et veus bella", va dir honestament, però la dona no va respondre.

Va besar de nou, breument, els llavis i la llengua d'Onna dient més amb l'entusiasme amb què va rebre els petons que amb el que podia expressar amb paraules.

Els seus pits nus ara es fregaven contra la tela del mateix vestit de Valeria, però l'elfa va decidir mantenir la roba pròpia una mica més de temps.

Acabant el petó, va tornar a mirar el pit d'Onna.

Els pits de la dona eren amplis, més grans que els seus, però no excessivament dotats.

Ella va moure les mans sobre ells, sentint la suavitat de la pell i provocant que els rosats mugrons de posessin durs.

La venedora de mapes va deixar escapar un crit ofegat davant d'això, un crit de plaer que s'enlairava involuntàriament.

Valeria va somriure de nou.

Ella estava assaborint això, prenent el seu temps.

Es va ajupir per besar un pit, va rodar el mugró sota la llengua i va fer que la seva amiga tornés a panteixar, aquesta vegada més fort.

La seva passió estava augmentant ara, innegable, però així i tot no va fer cap moviment cap a la dona elfa.

Valeria va besar l'altre pit, movent la mà per deixar-lo lliure, i després es va aixecar.

Onna va semblar ofesa per un segon, clarament desitjant que el plaer continués, fins que es va adonar que Valeria estava intentant descordar-se el vestit.

A diferència de la dona humana, ella no s'havia vestit especialment per avui, encara que, en retrospectiva, hauria volgut haver-ho fet.

Portava un vestit llarg i verd, tall a la clavícula, però no més avall, amb mànigues llargues i un cosset groc pàl·lid que mostrava la seva prima cintura.

El seu cabell era retingut sobre les seves orelles punxegudes per bandes verdes a la part superior, però queia solt per la seva esquena, aconseguint gairebé la part superior de les seves natges.

Ara, es va descordar el tancament que subjectava el vestit a la part posterior del seu coll, i va alliberar els braços de les mànigues estretes, lliscant el vestit sobre els malucs.

Mentre que la seva amiga evidentment havia triat no portar res sota la part superior del seu vestit, Valeria encara tenia una combinació sota ella, suau seda blanca que marcava les seves belles corbes.

Podia sentir l'anticipació als ulls d'Onna mentre observava com es despullava, la mirada viatjant des dels panxells prims i les suaus sabates verdes, al llarg del cos cobert de seda fins a la corba dels seus petits pits.

Per prolongar el moment una mica més, Valeria es va treure el vestit i després es va treure les sabates una per una.

Després es va agenollar sobre la catifa, sentint el material gruixut als seus genolls nus.

Va deixar anar una espatlla de la combinació, i després l'altre, empenyent la seda lentament pel seu cos, per ajuntar-se a la cintura.

Onna no va fer cap moviment per tocar-la, així que va aixecar una mica la mà cap a ella i la va besar de nou.

Els seus pits es van tocar, ara sí sense cap tela pel mig, la parella de pits més petita de l'elfa pressionant contra els més grans humans.

La venedora de mapes es va quedar sense alè, apartant-se del petó, amb la seva emoció molt evident.

Valeria va decidir que ella ja havia esperat prou.

Es va recolzar sobre els seus talons una altra vegada, i va moure les mans pel suau ventre d'Onna, provocant el seu melic en el camí, després va descordar el cinturó, deixant-lo de banda abans de tirar el vestit blau sobre les cames de la dona, per acumular-se sobre els peus.

Onna li va donar una puntada de peu, ansiosa per continuar, i ara vestida només amb les botes i un parell de calces blanques.

Ara la Valeria va baixar les calcetes a la seva amiga, deixant-les als peus, però cap de les dones es va moure per treure's les botes.

Valeria va separar suaument les cames de la humana i va acariciar l'interior de la cuixa exposada.

Onna es va estremir, sobtadament vulnerable, tota exposada.

"Vols això?" Va preguntar l'elfa ja sabent la resposta, però amb ganes d'escoltar les paraules.

Però Onna es va quedar callada, i simplement va assentir amb el cap en silenci.

Ella va passar els seus dits pel ventre de la dona una altra vegada, aquesta vegada estenent-se més, acariciant els cabells arrissats sobre el seu cony.

Després es va agenollar i el va fer un petó.

El cos de la venedora de mapes es va arquejar, i ella va deixar anar un gemec de plaer, el so més fort que havia emès fins ara.

Encoratjada, Valeria va passar la seva llengua per tota la longitud dels llavis vaginals de la dona i després va enfonsar la seva llengua profundament al seu cony.

El gemec aquesta vegada va ser més fort encara, les cuixes es van convulsionar, i Onna es va ajupir, passant els seus dits pels cabells de la dona elfa, sostenint-la contra la seva entrecuix.

Valeria va continuar, lliscant la seva llengua dins i fora, assaborint cada gota de l'emoció de la humana, provocant el seu clítoris.

Les seves mans van acariciar les cuixes i les natges de la dona, aixecant-la per obtenir una millor posició de plaer.

Onna estava gemegant, prement el seu propi pit esquerre amb una mà, i agafant el cap de la maga elfa amb l'altra.

Ella va parlar per primera vegada, cridant el nom de Valeria, els seus malucs tremolant.

Mentre l'elfa continuava sondejant, llepant i sacsejant el clítoris amb la punta de la seva llengua, va poder dir que la venedora de mapes era a prop del clímax.

Tot rastre del seu antic silenci se n'havia anat ara, els seus gemecs de plaer ressonaven a tota l'habitació.

Ella no podia aguantar gaire més.

I Valeria no volia també que ho fes.

Amb un llarg i prolongat gemec esfereïdor, Onna va arribar al seu clímax, el seu cos es va arquejar contra el sofà, els peus amb botes tamborejant a terra, els pits agitats.

L'elfa es va recostar, mirant la dona mentre ella panteixava, gotes de suor ara adornaven el seu cos nu.

"Això va ser... això va ser..." va panteixar Onna, mentre lluitava per recuperar la seva respiració normal.

"Això", va dir Valeria, "no ha acabat encara. Crec que encara vols més... i t'ho donaré".

Es va posar dret, deixant que la combinació llisqués sobre les cames fins a terra.

La dona humana semblava gairebé com si sentís culpable mentre ho feia, però després es va llepar els llavis mentre observava la nuesa de l'elfa parada davant seu.

"No sé si puc...", va dir ella, implorant. "Encara no... ets bella, Valeria, i vull fer-ho... però necessito recuperar l'alè".

"Oh, crec que ja estàs a punt", va respondre ella, inclinant-se per besar aquests llavis una vegada més.

Onna va tancar els ulls, el petó es va perllongar i el moviment del seu cos quan els seus pits es van tocar una vegada més va convèncer l'elfa que tenia raó.

El que era bo, perquè el seu propi cony ara feia mal, el seu propi plaer s'havia demorat massa.

Va agafar la mà d'Onna i la va llençar a la catifa, de manera que totes dues estaven ficades al llit cara a cara.

Es van besar de nou, els seus cossos entrellaçats, les cames lliscant una contra l'altra.

Es van abraçar, Onna va passar els dits d'una mà pel llarg i sedós cabell de l'elfa, després va acariciar la seva esquena, mentre Valeria acariciava les natges.

El petó va continuar, el cos de la venedora de mapes es fregava contra el de Valeria i els mugrons s'endurien una vegada més.

L'elfa la va deixar anar, lliscant la seva mà cap amunt per buidar un pit, després va fregar un dit sobre el mugró rosat.

"Veus?" ella va dir, "estàs més que llista una altra vegada. Però aquesta vegada ..."

"Oh, sí", va dir Onna, "vull que això sigui per a les dues. Sovint he pensat... en alguna cosa com això. El que seria estar amb una altra dona, però mai... No vaig pensar que tindria l'oportunitat. Ara sí, no vull perdre aquest moment".

"Fes-me el que vulguis, sense por", va respondre l'elfa, besant-la una vegada més.

Les mans d'Onna es van moure, lliscant al voltant del ventre, i pujant cap als petits pits de l'elfa.

Valeria va sospirar contenta, rodant sobre la seva esquena.

La venedora de mapes es va inclinar sobre ella, besant la seva clavícula, fent un pit, sentint-lo contra les seves mans, però no més.

Per animar-la, l'aventurera élfica va passar la seva pròpia mà pel ventre de la dona, explorant entre les cames una vegada més, trobant els seus llavis humits i inflats, tot convidant al plaer.

Onna es va quedar sense alè, i després es va inclinar per besar cada un dels mugrons de Valeria, amb la llengua humida i ansiosa.

"Sí..." va murmurar ella, "oh, sí..."

L'elfa va respondre movent els seus dits cap a dintre, penetrant en la humitat del cony de la dona.

La seva companya va gemegar, retorçant-se a la catifa, mentre Valeria enganxava una cama a la d'ella.

Per fi, Onna va semblar adonar-se del que la seva amant necessitava, tocant amb cautela entre les cames de l'elfa i passant un dit entre les cuixes.

¡Quant li va costar aquest toc, aquesta acció provocadora!

Valeria va moure els seus propis dits cap a dins i cap a fora, lliscant en la humitat del cony d'Onna, mostrant a la dona el que ella mateixa volia.

La humana furgà, el polze lliscant pel cony de la dona elfa, en la dolçor del seu sexe.

L'elfa va gemegar suaument, animant-la, movent els seus propis dits més ràpid.

Això va ser massa per a Onna.

Ella va rodar sobre la seva pròpia esquena, movent les cames, sacsejant-se, desembolicant-se.

Valeria es va recolzar en un colze, els seus dits encara bombaven cap a dins i cap a fora, quan Onna va aconseguir un dels seus pits.

La dona l'estava implorant ara, panteixant i cridant de plaer.

Valeria es va recargolar, posant la seva cara al cony d'Onna una vegada més.

El va llepar amb entusiasme, el seu dit índex encara lliscava dins i fora de la humitat de la dona, trobant el seu clítoris amb la seva llengua.

Onna va cridar, oblidant les seves pròpies carícies, amb una mà agafant la natja de Valeria, pressionant el seu nas contra el ventre de la seva amiga.

L'elfa es va asseure a cabassos sobre ella, amb una cuixa a cada costat de la cara, encara llepant i xuclant mentre el dit continuava sondejant.

Amb un crit final sense paraules, Onna va arribar per segona vegada, el seu cos convulsionant, agafant l'esquena de Valeria, la seva cara ara pressionada contra una de les cuixes internes de l'elfa.

Les seves cames es van sacsejar, i va gemegar, mentre el llarg cabell de l'aventurera lliscava sobre el costat.

"Deessa, ho sento", va dir la humana. "Ets tan bona". Ella va empassar saliva abans de continuar, "Però ho vull tot. Ara sé el que se sent. I vull fer que una altra dona es corri com jo. Només necessito... només necessito saber com fer-ho bé".

"Crec que saps què has de fer", va dir Valeria, "com si t'ho fessis a tu mateixa".

Estava impacient ara, però intentant no mostrar-ho.

"Et necessito, realment et necessito ara. No puc esperar més".

Onna es va estirar, girant la cara cap al cony de l'elfa.

Valeria va sentir que el seu dit lliscava en el seu cony, va panteixar de nou quan el plaer va començar a créixer.

Ella necessitava l'alliberament, en necessitava molt ara.

Ella va moure els malucs cap enrere i cap endavant, fregant el dit contra l'interior del seu cony.

La venedora de mapes respirava pesadament, encara insegura de si mateixa.

"Sí, així està bé", va gemegar l'elfa, "no t'aturis".

Onna estava movent el dit amb impaciència ara, i Valeria es va estremir d'anticipació.

La mà de la dona humana ara estava relliscosa amb el sexe, mentre l'elfa besava l'interior de la cuixa, passava la punta de la llengua per un llavi de la vagina.

Al toc de la seva llengua, la venedora de mapes va deixar anar un crit escanyat, va treure el dit i va agafar les natges de Valeria amb les dues mans, obligant-la a baixar la vagina a la boca.

La seva llengua va lliscar al cony de l'elfa, lliscant inexperta, fins que va trobar el clítoris.

"Sí, aquí mateix!" Valeria va cridar, esclafant els malucs contra la cara de la dona.

Onna es va encoratjar, la seva habilitat i confiança òbviament van créixer.

Això va ser tot allò que necessitava, valor.

L'elfa ja no podia parlar.

Ella es va quedar sense alè, va cridar el nom del seu amant, mentre el plaer deliciós augmentava.

Ella es va venir de sobte, les cuixes gairebé van agafar el cap d'Onna.

Va ser una explosió, la seva passió reprimida es va deixar anar en un moment sobtat, els seus gemecs van fer ressò als de la seva companya.

Onades de plaer es van estavellar contra el seu cos, deixant-la encegadorament en blanc.

Onna ara ja sabia exactament el que se sentia en tenir l'orgasme d'una dona a la cara...

LA HISTÒRIA CONTINUARÀ A :
CONAN EL BÀRBAR
SEGONA PART

Don't miss out!

Visit the website below and you can sign up to receive emails whenever Erika Sanders publishes a new book. There's no charge and no obligation.

https://books2read.com/r/B-A-IGGS-PJDNC

www.ingramcontent.com/pod-product-compliance
Lightning Source LLC
LaVergne TN
LVHW101954220826
846093LV00006B/222

* 9 7 9 8 2 1 5 0 0 5 9 4 1 *